Illustré par

Yvette Besner

Charlie
et l'
éléphant

Écrit par

Loretta Beacham

AuthorReputationPress®
Creativity & Branding

Author Reputation Press LLC
45 Dan Road Suite 5
Canton MA 02021
www.authorreputationpress.com
Ligne d'assistance : 1(888) 821-0229
Télécopieur : 1(508) 545-7580

Informations de commande:
Quantité de ventes. Des rabais spéciaux sont disponibles sur les achats de quantités par des sociétés, des associations et autres. Pour plus de détails, contactez l'éditeur à l'adresse ci-dessus.

Imprimé aux États-Unis d'Amérique.

ISBN-13 :   Couverture souple   979-8-88514-385-1
               Livre électronique   979-8-88514-384-4
               couverture rigide   979-8-88514-394-3

Library of Congress Control Number : 2022915012

Dédicace

Je dédie ce livre à beaucoup de gens merveilleux: à mes filles Charlotte Beacham, dont l'histoire « Je ne veux pas faire la sieste maintenant » a été mon inspiration, et Violet Beacham, qui s'est dissoute dans les rires quand je le lui ai lu, à Yvette Besner, qui a travaillé avec amour sur l'œuvre d'art qui illustre cette histoire, à Denton Froese et Anne MacGillivray, qui ont regardé mes premières ébauches, et pour leurs conseils et leur soutien dans la transformation d'un rêve en réalité.

Il est dédié aussi à ma famille et à mes amis, et, surtout, à mon partenaire aimant
Adam, qui m'a patiemment écouté lui a lu cette histoire ad nauseam.

1

Il était une fois

il y avait une petite fille qui s'appelait Charlotte.
Tous ceux qui la connaissaient l'appelaient Charlie.

Charlie était un enfant curieux et enjoué.
Elle a posé beaucoup de questions.
Elle jouait dans le jardin.
Elle utilisait les mauvaises herbes comme pinceaux.

Elle s'est également battue courageusement
contre la sieste.

Elle vivait avec ses parents et sa sœur cadette Violet dans une petite maison d'une grande ville. Comme dans toute grande ville, il y avait toutes sortes de bâtiments.

Il y avait des parcs et des étangs, des grenouilles et des poissons, des oiseaux et des insectes aussi, mais les gens passaient trop vite dans leurs voitures pour les remarquer.

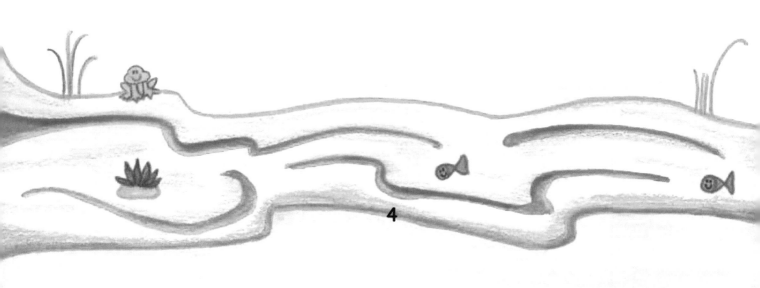

La petite maison de Charlie était rouge. Sa mère a planté des fleurs brillantes et juteuses pour que les abeilles et les papillons lui rendent visite. D'autres belles plantes, comme les citrouilles, pensa Charlotte, ressemblaient à des soleils brillants du ciel qui étaient descendus pour lui rendre visite.

Dans la cour avant, sous les lilas, il y avait une grande parcelle de violettes sauvages.

Un jour, alors que Charlie jouait sur le set de jeu que son père avait construit pour elle, un gros éléphant bleu est arrivé. L'éléphant a attrapé Charlie au milieu de la balançoire, l'a hissée dans sa trompe, puis a tonné. Charlie avait l'impression de pouvoir voir le monde entier de là-haut.

6

L'éléphant s'est précipité devant le champ de pissenlits et vers le bord de la ville. Puis elle a disparu dans une forêt épaisse. Charlie n'avait aucune idée de l'existence de cette forêt. Une fois qu'ils étaient au fond de la forêt, l'éléphant s'est fatigué et a laissé Charlie glisser vers le sol.

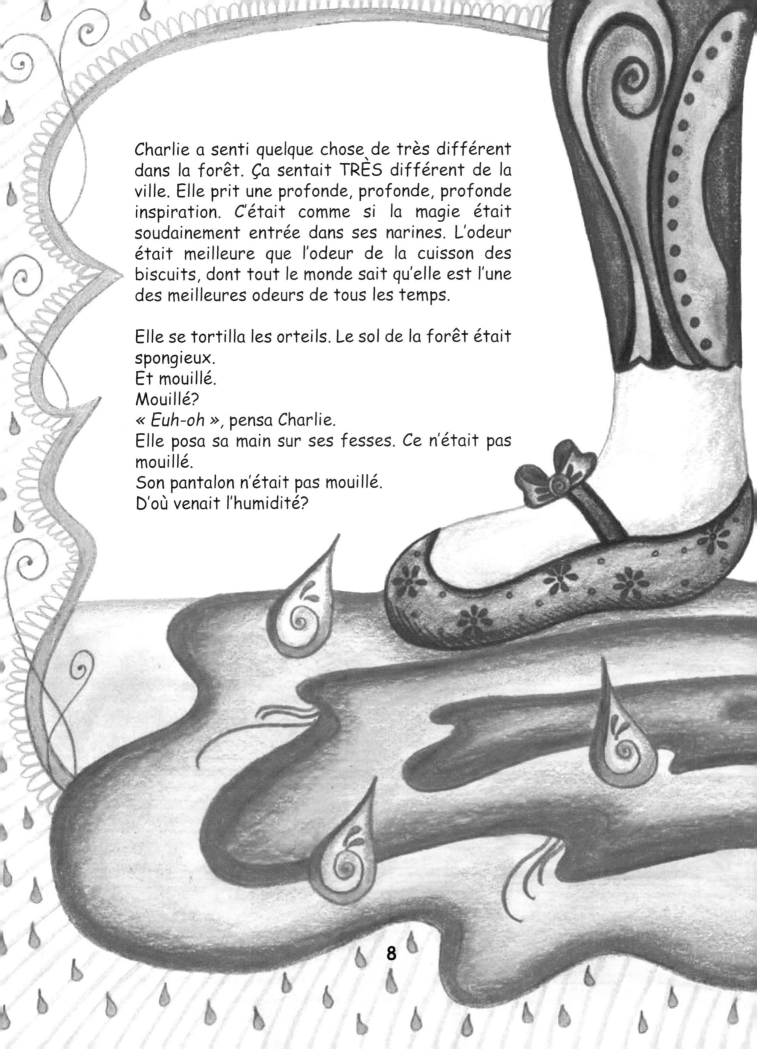

Charlie a senti quelque chose de très différent dans la forêt. Ça sentait TRÈS différent de la ville. Elle prit une profonde, profonde, profonde inspiration. C'était comme si la magie était soudainement entrée dans ses narines. L'odeur était meilleure que l'odeur de la cuisson des biscuits, dont tout le monde sait qu'elle est l'une des meilleures odeurs de tous les temps.

Elle se tortilla les orteils. Le sol de la forêt était spongieux.
Et mouillé.
Mouillé?
« *Euh-oh* », pensa Charlie.
Elle posa sa main sur ses fesses. Ce n'était pas mouillé.
Son pantalon n'était pas mouillé.
D'où venait l'humidité?

Charlie baissa les yeux. Ses chaussures violettes préférées s'enfonçaient dans une mare d'eau. Elle n'était pas près d'un ruisseau ou d'une rivière, aussi loin qu'elle pouvait voir.

Elle leva les yeux vers l'éléphant. Ses cils étaient mouillés de perles comme la rosée qu'elle avait vue sur l'herbe tôt le matin de l'automne.

Le pauvre animal pleurait !

Charlie a décidé d'aider son nouvel ami.

10

Heureusement, Charlie avait beaucoup de bandages fourrés dans les poches de sa robe violette préférée.

« Voilà », dit-elle doucement, collant des bandages là où elle pensait que l'éléphant en avait besoin.

Bientôt, tous ses bandages colorés étaient sur la trompe de l'éléphant. Elle lui a fait un gros câlin, juste pour faire bonne mesure, car les bandages PLUS les câlins étaient de bons moyens de faire disparaître la tristesse, selon Charlie.

Même avec les câlins et les bandages, cependant, les chaussures de Charlie devenaient de plus en plus humides. L'éléphant pleurait encore.

« Fiddlesticks! » Dit Charlie. (Les parents de Charlie ont dit que c'est ce que les gens disent quand ils sont frustrés.)

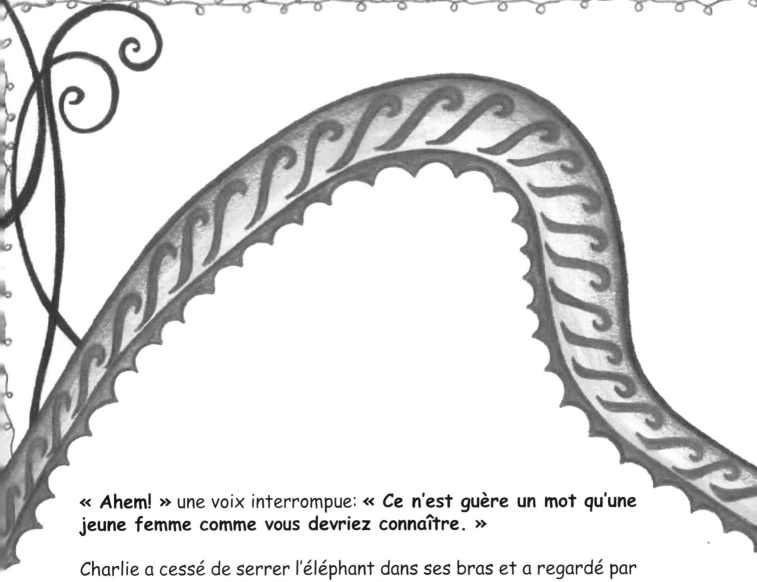

« **Ahem!** » une voix interrompue: « **Ce n'est guère un mot qu'une jeune femme comme vous devriez connaître.** »

Charlie a cessé de serrer l'éléphant dans ses bras et a regardé par terre et autour d'elle. Elle ne pouvait voir personne.

« **Ici!** » appelé la voix.

Charlie leva les yeux pour voir un oiseau noir élégant sur une branche au-dessus d'elle.

« **Oh, bonjour M. Crow** », elle a dit » « **Je suis Charlotte, mais vous pouvez m'appeler Charlie** ».

« **En effet** », répondit-il, puis étendit ses ailes d'ébène et descendit au sol.

« **Je sens que votre compagnon ici est blessé** », a-t-il dit. Il a mis son bec sous son aile et a produit une paire de lunettes. « **Dois-je enquêter?** »

12

« Eh bien, » dit-elle. « J'étais dans mon jardin en train de me balancer, puis elle m'a ramassé et a couru. »

« Mm-hmmm. Mm-hmm, oui », répondit le corbeau.

« J'ai mis des bandages. Je l'ai serrée dans mes bras. Ce sont des choses qui font que les gens se sentent mieux », a-t-elle déclaré.

« Je vois », le corbeau mit son bec sous l'oreille de l'éléphant, et avec un puissant FLAP de son oreille, elle le repoussa. Il a craché et a battu des ailes sauvagement, puis s'est installé sur une branche voisine.

« Mon diagnostic, cher Charlie, est qu'elle n'est pas, en fait, blessée à l'extérieur. Lui avez-vous demandé ce qui ne va pas? » demanda-t-il.

13

C'est une bonne idée, pensa Charlie.

« **Qu'est-ce qui ne va pas, Mme Elephant? Es-tu triste?** »

Pas de réponse.

« **Êtes-vous malade?** »

L'éléphant cligna juste quelques larmes de plus.

Puis Charlie pensa une pensée horrible. « **Est-ce que votre ventre vous fait mal. Vraiment... besoin d'aller s'asseoir sur le pot?** »

Oh non! Charlie pensa dans une panique soudaine, où ira-t-elle? Quelle est la taille d'un pot d'éléphant?

Il n'y avait aucune odeur dans l'air pour ruiner la magie que Charlie respirait, et pas de pets, pas même les pets de ninja silencieux et mortels dont papa parlait.

L'éléphant n'a pas bougé, sauf pour cligner des yeux plus de larmes.

Puis Charlie a eu une idée.

« **Parlez-vous Éléphant, M. Crow?** » Demanda-t-elle.

Il secoua la tête. « Malheureusement, non. Mon répertoire se limite aux dialectes d'oiseaux », a-t-il admis, mais a fièrement ajouté, « et aux langues humaines ».

« **Que signifie rep-at-war ?** » Demanda Charlie.

« **Il suffit de dire que je ne parle pas pachydermien** », répondit-il.

14

Charlie n'était pas sûr de ce que cela signifiait.
« **Est-ce que cela signifie non? tu ne parles pas Elephant?** »
« **Oui** », a-t-il répondu.
« **Oui, vous ne le faites pas, ou oui vous le faites?** » Charlie était confus.

M. Crow soupira. « **Je ne peux pas parler avec l'éléphant, d'accord?** »
« **D'accord, d'accord** », dit Charlie. Elle devait essayer autre chose.

Sa mère lui avait dit à plusieurs reprises que la musique est magique et qu'elle peut faire disparaître les mauvais sentiments dans l'air. Elle fredonna la berceuse de Charlie. Elle ne se souvenait pas des mots.

Sa mère chantait des mots différents à chaque fois.

Les larmes de l'éléphant ont cessé de tomber. Elle s'est installée sur le sol vert profond de la forêt. Elle enroula sa petite queue, battit puissamment les oreilles - ce qui souffla presque Charlie et le corbeau dans le ciel, mais ils se tenaient fermement à une branche - et s'endormit.

15

« **Avez-vous besoin d'aller dormir?** » demanda le corbeau, toilettant ses plumes avec son bec.

Le soleil avait roulé vers l'ouest, laissant derrière lui des brins de pourpre et de rose, que la Nuit allait bientôt ramasser pour tricoter une couverture pour les arbres.

Charlie a dit sèchement: « **Non, je ne le fais pas. Je ne suis pas fatigué** ».

Soudain, ils ont tous les deux senti quelque chose d'anormal. Feuilles sur les arbres
a commencé à frissonner, mais il n'y avait pas de brise. Les murmures habituels de branche en branche, d'animal à animal et d'insecte à insecte s'étaient arrêtés. C'était comme si tous les habitants de la forêt savaient que quelque chose n'allait pas mais avaient peur de parler. Même l'air dans les poumons de Charlie semblait moins magique.

Charlie a demandé : **« Ressentez-vous cela ? »**

Le corbeau lui a dit : **« Je vais enquêter »** et s'est envolé.

Il est revenu quelques instants plus tard et a dit à bout de souffle: **« Les braconniers viennent pour l'éléphant! »**

« Oh », dit-elle, puis ajouta, **« que sont les braconniers? »**

« Les gens qui chassent les éléphants pour leurs défenses », a-t-il répondu.

« Quoi? Pourquoi? » Demanda Charlie.

« Eh bien, » dit lentement le corbeau, **« certaines personnes croient que les défenses d'éléphant sont précieuses. »**

« Pourquoi? » Charlie a demandé : **« Ce sont des dents d'éléphant. Les éléphants en ont besoin.**

« Oui, oui », répondit-il, **« mais sur le marché noir, les défenses des éléphants peuvent... »** il a commencé, mais Charlie l'a interrompu.

« Pourquoi? Qu'est-ce que le marché noir? » Demanda Charlie.

Le corbeau soupira. Cela ne va pas être facile, pensait-il lui-même.

« Nous n'avons pas beaucoup de temps. Laisse-moi t'expliquer. Les défenses sont coupées et polies, mais tant d'éléphants ont été chassés pour l'ivoire dans leurs défenses qu'ils l'ont été ... »

Charlie l'interrompit à nouveau. **« Pourquoi? Comment les gens enlèvent-ils les défenses? Ne qui ont blessé l'éléphant? Qu'utilisera-t-elle lorsque ses dents auront disparu? »**

Le corbeau ne lui répondit pas. Puis une pensée vraiment terrible a sauté dans l'esprit de Charlie.

« Pourquoi les gens feraient-ils cela? » demanda-t-elle tristement.

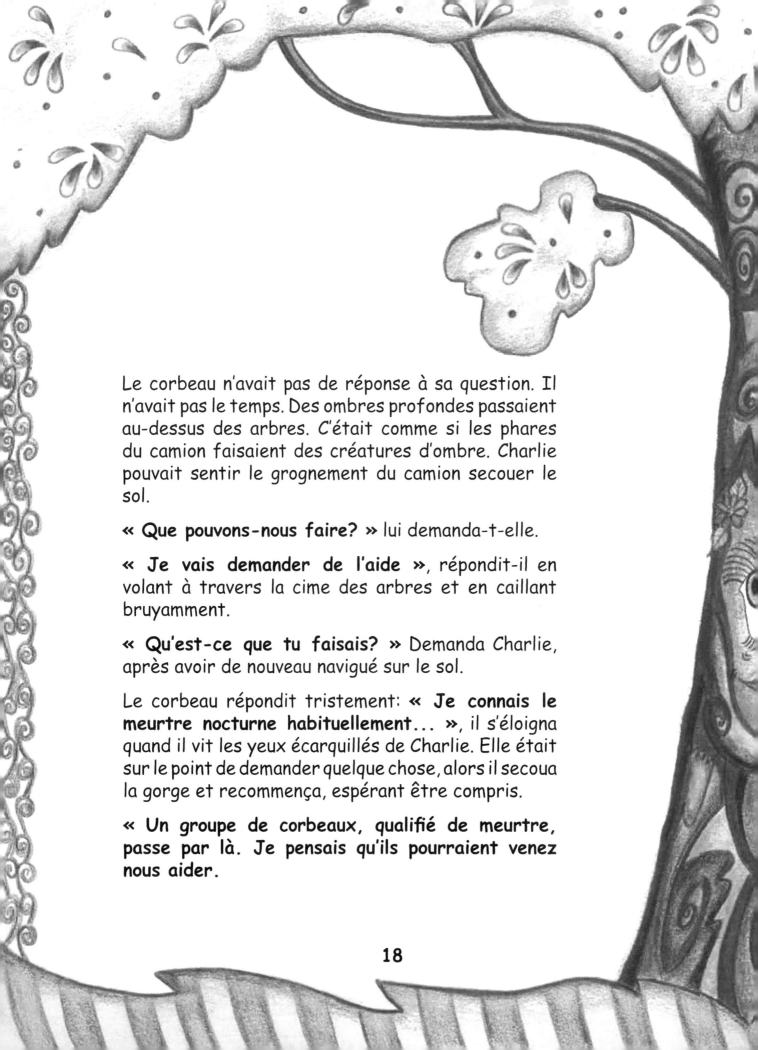

Le corbeau n'avait pas de réponse à sa question. Il n'avait pas le temps. Des ombres profondes passaient au-dessus des arbres. C'était comme si les phares du camion faisaient des créatures d'ombre. Charlie pouvait sentir le grognement du camion secouer le sol.

« **Que pouvons-nous faire?** » lui demanda-t-elle.

« **Je vais demander de l'aide** », répondit-il en volant à travers la cime des arbres et en caillant bruyamment.

« **Qu'est-ce que tu faisais?** » Demanda Charlie, après avoir de nouveau navigué sur le sol.

Le corbeau répondit tristement: « **Je connais le meurtre nocturne habituellement...** », il s'éloigna quand il vit les yeux écarquillés de Charlie. Elle était sur le point de demander quelque chose, alors il secoua la gorge et recommença, espérant être compris.

« **Un groupe de corbeaux, qualifié de meurtre, passe par là. Je pensais qu'ils pourraient venez nous aider.**

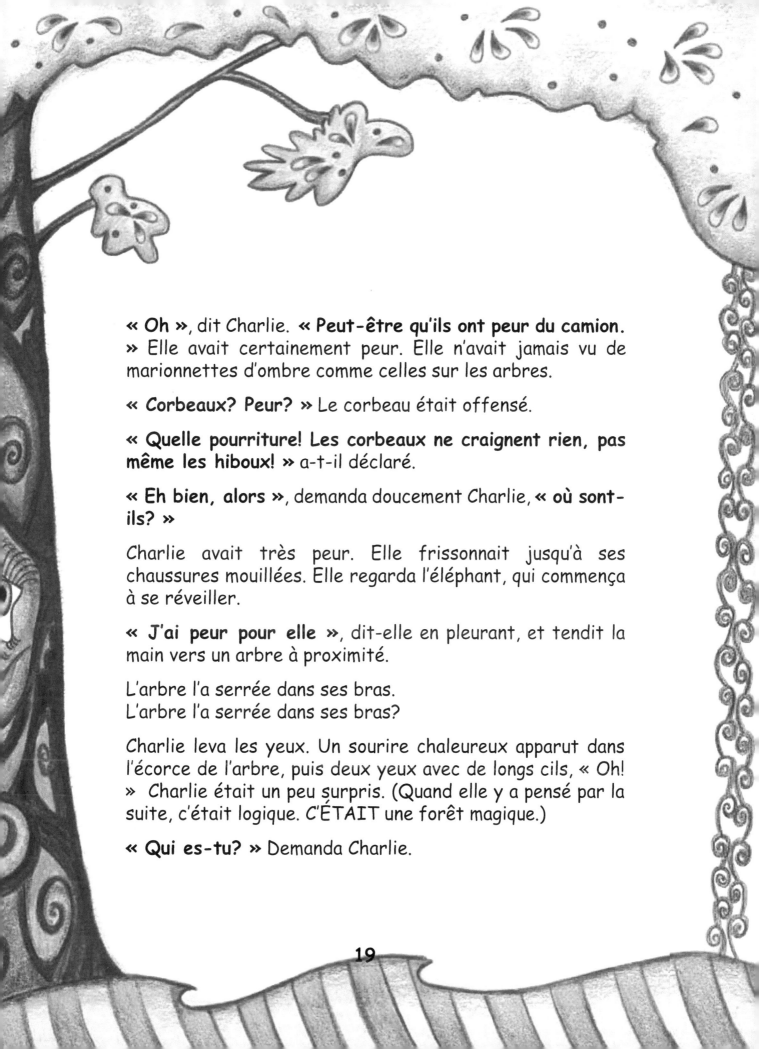

« Oh », dit Charlie. « Peut-être qu'ils ont peur du camion. » Elle avait certainement peur. Elle n'avait jamais vu de marionnettes d'ombre comme celles sur les arbres.

« Corbeaux? Peur? » Le corbeau était offensé.

« Quelle pourriture! Les corbeaux ne craignent rien, pas même les hiboux! » a-t-il déclaré.

« Eh bien, alors », demanda doucement Charlie, « où sont-ils? »

Charlie avait très peur. Elle frissonnait jusqu'à ses chaussures mouillées. Elle regarda l'éléphant, qui commença à se réveiller.

« J'ai peur pour elle », dit-elle en pleurant, et tendit la main vers un arbre à proximité.

L'arbre l'a serrée dans ses bras.
L'arbre l'a serrée dans ses bras?

Charlie leva les yeux. Un sourire chaleureux apparut dans l'écorce de l'arbre, puis deux yeux avec de longs cils, « Oh! » Charlie était un peu surprise. (Quand elle y a pensé par la suite, c'était logique. C'ÉTAIT une forêt magique.)

« Qui es-tu? » Demanda Charlie.

Les lèvres de l'arbre ont commencé à bouger. **« Je suis un frêne. Mme Ash Tree, en fait. Comment faites-vous? »**

Les yeux de Charlie étaient mouillés de larmes. **« Je suis ... Dire... L'éléphant... Les braconniers sont à venir... »** Elle ne pouvait tout simplement pas en parler. Elle sanglotait et tremblait.

« Là, là, enfant », croona Mme Ash Tree.

« Peut-être que M. Crow peut m'en parler. »

Le corbeau a fait exactement cela, et ils ont élaboré un plan - même l'éléphant a écouté et a hoché la tête en accord.

Ils devaient agir rapidement.

« Laissez-moi vous donner un coup de pouce jusqu'au tronc », dit Mme Ash Tree, **« mais vous aurez pour grimper le reste du chemin.**

C'était difficile de grimper au début. *Mes chaussures sont trop mouillées et glissantes*, pensa Charlie. **« Pensez-vous vraiment que je peux faire ça? »** demanda-t-elle au trio.

Le corbeau a secoué un **fort « Oui »**. L'éléphant leva sa trompe. L'arbre roucoula, « Tu peux le faire, Charlie. »

Charlie était déterminé maintenant. Elle avait besoin d'aider l'éléphant, et si l'arbre, le corbeau et l'éléphant pensaient qu'elle pouvait grimper au sommet de l'arbre, eh bien, elle grimperait au sommet de l'arbre.

21

Charlie était boueuse, sa robe violette et ses leggings étaient pleins de feuilles collantes, mais quand elle est arrivée au sommet de l'arbre, elle s'est sentie triomphante.

« Souviens-toi de ce que tu as à faire », lui appela Miss Ash Tree. Charlie se souvint de ce qu'on lui avait dit.

« Parfois, nous, dans la forêt, avons besoin que les gens fassent un bruit tonitruant. Une voix très forte et forte est nécessaire pour traverser le sol, traverser les arbres et s'envoler dans le ciel », avait déclaré Mme Ash Tree.

M. Crow s'était envolé et avait atterri sur la branche d'arbre à côté d'elle, prêt pour la prochaine phase du plan.

Elle cria aussi fort qu'elle le pouvait, et sa voix crêtait au-dessus de la cime des arbres. Au loin, elle pouvait voir des oiseaux flotter au-dessus de la canopée de la forêt. Elle l'avait fait !

23

M. Crow a averti Charlie: **« Maintenant, accrochez-vous bien! »** Il sauta de haut en bas sur le membre, essayant de le secouer. Bientôt, d'autres corbeaux se sont rassemblés avec lui et l'ont aidé. Charlie a entendu des gémissements intéressants du membre alors qu'il se balançait dangereusement. Elle s'accrocha fermement au membre.

« Êtes-vous prêt pour une aventure? » elle entendit la voix de l'arbre à travers la classe.

Charlie hocha fermement la tête et dit : **« Faisons ceci. »**

Charlie a entendu un CRACK géant alors que le membre se brisait. Mme Ash Tree l'a rapidement attrapé, avec Charlie. Elle les jeta, de branche en branche, comme si elle jouait à une patate chaude. Charlie avait l'impression d'être sur un manège géant dans un parc d'attractions.

« Whee! » elle cria joyeusement.

Soudain, elle a atterri dans un filet de brindilles et de feuilles. Le membre a continué à tomber sans elle.

Il a atterri durement sur le capot du camion, jetant les braconniers dans la flaque boueuse de larmes d'éléphant.

Mme Ash Tree se balança et laissa Charlie sauter de son filet et sur le capot du camion.

Sur le coup, Mme Elephant a piétiné derrière elle, écrasant le camion sous ses puissants pieds. Ses défenses s'élevèrent derrière Charlie, comme si la lune elle-même s'était levée sur les épaules de la jeune fille.

Les braconniers ont regardé Charlie dans les phares et ont commencé à se demander à haute voix: **« Qui ou quoi, êtes-vous...? »**

La réponse a pris la forme d'un grand nuage noir. Les corbeaux étaient venus, et par centaines, peut-être même des milliers! Ils avaient surgi de la forêt dans une explosion noire. Quel bruit ils ont fait!

Les oreilles de Charlie se remplissaient de caws et de croaks.

Les corbeaux n'avaient qu'une seule cible : les braconniers. Ils étaient une cible facile. Les chasseurs étaient allongés sur le sol, recroquevillés de peur. Les corbeaux ont plongé et se sont précipités et ont crié sur eux.

Mme Elephant occupe maintenant le devant de la scène. Au milieu du vacarme, elle descendit du camion et se dirigea vers les chasseurs. Elle baissa sa tête puissante et les regarda. Alors que les corbeaux tournaient autour d'elle et plongeaient autour d'elle, elle claironna bruyamment: « LAISSEZ-MOI ÊTRE! »

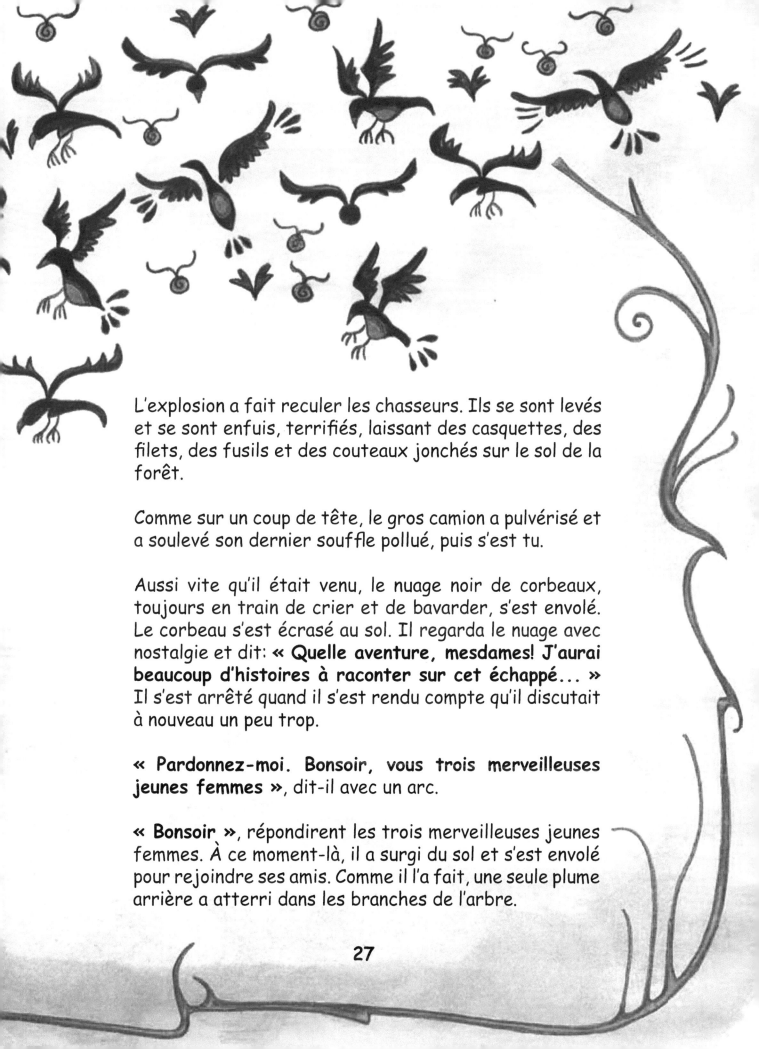

L'explosion a fait reculer les chasseurs. Ils se sont levés et se sont enfuis, terrifiés, laissant des casquettes, des filets, des fusils et des couteaux jonchés sur le sol de la forêt.

Comme sur un coup de tête, le gros camion a pulvérisé et a soulevé son dernier souffle pollué, puis s'est tu.

Aussi vite qu'il était venu, le nuage noir de corbeaux, toujours en train de crier et de bavarder, s'est envolé. Le corbeau s'est écrasé au sol. Il regarda le nuage avec nostalgie et dit: **« Quelle aventure, mesdames! J'aurai beaucoup d'histoires à raconter sur cet échappé... »** Il s'est arrêté quand il s'est rendu compte qu'il discutait à nouveau un peu trop.

« Pardonnez-moi. Bonsoir, vous trois merveilleuses jeunes femmes », dit-il avec un arc.

« Bonsoir », répondirent les trois merveilleuses jeunes femmes. À ce moment-là, il a surgi du sol et s'est envolé pour rejoindre ses amis. Comme il l'a fait, une seule plume arrière a atterri dans les branches de l'arbre.

Mme Ash Tree secouait les feuilles épuisées, tout comme une dame courtoise lisserait de sa robe. Pour ne pas être en reste, la plume noire flottait au sol à côté de Charlie. Elle l'a ramassé avec empressement.

« C'était INCROYABLE! » elle pleura joyeusement. « Waouh! C'était juste comme ça... »

L'arbre se tutait avec la branche.

« Oui, chère fille, mais il est temps de dormir maintenant. Le soleil est couché. Nous, dans l' la forêt a besoin de dormir.

« Dormir? DORMEZ? » Demanda Charlie. « Je ne peux pas dormir maintenant. C'était trop excitant! Je suis trop excité. Je veux danser. Voulez-vous me voir danser? »

Charlie tourbillonnait, virevoltait et virevoltait. Alors qu'elle continuait à tourner et à tourner, son cerveau devenait de plus en plus vacillant. Elle a eu tellement le vertige qu'elle est tombée au sol.

28

Elle baissa les yeux sur son genou droit et vit une touche de sang rouge s'infiltrer à travers ses leggings violets déchirés.

Une fois que le sol de la forêt a cessé de bouger, elle a pu se concentrer sur l'arbre, qui s'était endormi. Endormi? **« Psst! »** elle appela l'arbre, puis un peu plus fort, mais les yeux de l'arbre restèrent fermés.

Mme Elephant s'était également précipitée vers la terre. *Pourquoi tout le monde veut-il dormir autant?* Pensa Charlie. Elle a pensé à ses parents et à la façon dont ils insistaient pour qu'elle fasse des siestes.

Elle se sentit soudain seule dans la forêt. Sa mère et son père lui manquaient, et sa petite sœur lui manquait. Son genou était douloureux. Ses chaussures, sa robe et ses leggings étaient boueux. Ses leggings ont même été déchirés ! De plus, elle était vraiment et vraiment fatiguée. C'était trop.

Charlie s'est mise à pleurer doucement pour ses parents et sa petite sœur.

29

Mme Elephant a entendu les sanglots étouffés
de Charlie. Elle regarda Charlie et se leva. Puis,
très doucement, elle a enroulé son tronc autour
de la fille et l'a ramassée sur le sol de la forêt.

Charlieacessédepleurerpresqueimmédiatement.
Elle a vu le sol rétrécir alors qu'elle était
balancée vers le haut, bien au-dessus de la cime
des arbres.

C'était tellement beau là-haut. Il
y avait même des étoiles dans le
ciel, mais elles semblaient juste
hors de portée.

30

Des vents chauds soufflaient doucement sur le visage de Charlie. Ils ont soulevé les feuilles séchées et les mottes de boue de sa robe et de ses leggings, comme des doigts agiles pelant une coquille d'œuf. Ses cheveux, une fois emmêlés et emmêlés, volaient librement dans la brise parfumée.

Soudain, le genou de Charlie n'a pas fait si mal. Elle ne s'inquiétait pas de ses leggings et de sa robe déchirés, ni de ses chaussures boueuses.

Elle se détendit et s'endormit.

L'éléphant a tenu Charlie en sécurité et au chaud dans son sommeil et l'a ramenée dans la petite maison de la grande ville. Elle plaça doucement Charlie dans l'herbe, sous les lilas et parmi les violettes, puis glissa silencieusement. (C'est une chose TRÈS difficile pour un éléphant de s'échapper silencieusement.)

« **Charlie!** » appelé une voix. « **Voilà! Nous avons cherché partout pour vous!** »

Charlie s'est réveillée avec le visage inquiet de sa mère. « **Chérie, nous avons été inquiets malades. Vous étiez censé venir souper il y a une demi-heure. Nous pensions que vous étiez allé chez Gwen. Nous avons appelé et appelé mais nous n'avons pas eu de réponse. Avez-vous été ici tout ce temps?** »

Charlie était encore un peu somnolent pendant que sa mère s'agitait pour elle. « **Oh, tu t'es écorché le genou! Nous n'avons plus de bandages. Je ne sais pas où ils sont tous allés.**

Elle leva Charlie à genoux et saisit sa main. « **Qu'est-ce que c'est?** » demanda sa mère, ouvrant la paume de Charlie.

Les yeux de Charlie s'écarquillèrent. C'était la plume de M. Crow. Donc, c'ÉTAIT réel, pensa-t-elle à elle-même.

Elle a raconté à sa mère toute l'histoire de l'éléphant bleu qui l'emmenait dans une forêt magique, de l'arbre qui parlait, du corbeau bavard et de son grand groupe d'amis, de la descente sauvage de l'arbre, des braconniers qui avaient peur et s'enfuyaient – tout!

La mère de Charlie a tout compris. « **Quelle fille courageuse vous êtes** », dit-elle fièrement avec un sourire. « **Allons-nous aller souper?** »

Ensemble, ils sont entrés à l'intérieur, partageant entre eux la plume dans leurs mains jointes.

« **J'ai toujours un frisson particulier quand tu me tiens la main, Charlie** », murmura sa mère à son jeune héros.

Charlie n'a jamais oublié son aventure. Parfois, les jours d'été calmes et chauds, elle sent qu'il lui chatouille les joues et est sûre qu'elle doit se balancer sur la trompe d'un éléphant.

D'une manière ou d'une autre, elle se réveille toujours à côté des violettes.

33

34

LA FIN.

À propos de l'auteur

Loretta Beacham aime partager une bonne histoire. Charlie et l'éléphant est né quand sa fille aînée Charlie, qui détestait faire la sieste, a raconté l'histoire d'un éléphant bleu qui l'a emmenée dans une forêt magique.

Loretta vit à Ottawa, au Canada, avec son partenaire Adam et leurs filles Charlotte et Violet. La vie de famille comprend le réalisme charmant de nombreuses poussières des lapins, plusieurs peluches, des jeux de société et de nombreux lego.

À propos d'Illustrator

Yvette Besner aime lire sur la gentillesse, alors elle était heureuse de collaborer avec Loretta Beacham sur ce conte attentionné. Yvette est l'artiste et illustratrice canadienne derrière les illustrations fantaisistes et colorées de Charlie et l'éléphant. Elle vit à Ottawa avec son mari, Shawn, et ses deux plus grandes créations, Leia et Serena. Quand elle ne travaille pas sur l'art, vous pouvez trouver Yvette à l'aventure avec sa famille et ses amis, complotant des moyens de répandre la joie.

Ingram Content Group UK Ltd.
Milton Keynes UK
UKHW050631070323
418026UK00014B/29